我的动物朋友

著作权合同登记号 图字 01-2017-5621

James Herriot
Bonny's Big Day

图书在版编目（CIP）数据

波尼的大日子 /（英）吉米·哈利著；（英）露丝·布朗绘；廖美琳译．— 北京：人民文学出版社，2017（2021.5 重印）
（我的动物朋友）
ISBN 978-7-02-013265-2

Ⅰ．①波… Ⅱ．①吉… ②露… ③廖… Ⅲ．①散文－英国－现代 Ⅳ．① I561.65

中国版本图书馆 CIP 数据核字 (2017) 第 203498 号

责任编辑　卜艳冰　邱小群　刘佳俊
装帧设计　高静芳

出版发行　人民文学出版社
社　　址　北京市朝内大街 166 号
邮政编码　100705

印　　制　上海利丰雅高印刷有限公司
经　　销　全国新华书店等

字　　数　4 千字
开　　本　889 毫米 ×1194 毫米　1/16
印　　张　2.25
版　　次　2018 年 1 月北京第 1 版
印　　次　2021 年 5 月第 2 次印刷

书　　号　978-7-02-013265-2
定　　价　38.00 元

如有印装质量问题，请与本社图书销售中心调换。电话：010-65233595

波尼的大日子

［英］吉米·哈利 著
［英］露丝·布朗 绘
廖美琳 译

人民文学出版社
PEOPLE'S LITERATURE PUBLISHING HOUSE

九月，一个晴朗的早晨，我开车去老约翰·斯基普顿的戴尔·克洛斯农场出诊，他之前打电话给我，说有一匹拖货车的马脚崴了。

当我从车里出来时，衣着邋遢的农夫从戴尔·克洛斯农场厨房门口走过来。

约翰一贯衣衫褴褛，像个稻草人，今天也不例外。他穿着一件没有扣子的破大衣，用绳子捆在腰间，大衣就这样裹在身上。他匆忙地走过来，裤子太短，脚上穿的两只不同的袜子一眼就看出来了——一只红色，另一只是蓝色。

斯基普顿年轻时工作很卖力，赚了足够的钱，买下这个建着漂亮石屋的农场。他一直未婚，因为忙着在山上照料牛羊、到地里收割作物、在果园里摘苹果，忙得顾不上照顾自己——所以他总是穿那么旧的衣服。

“马在河边，”
他像往常一样语气生硬地说，
“我们过去吧。”他抓起一把干草叉，
插进一大堆干草中，然后把叉起的草料扛在肩
上。我拖着从车上拿下来的大旅行袋，跟在他身后。

他应该比我年长三十岁吧，可要赶上他轻快的步伐真是不容易。我很高兴终于到了山脚下，那个大袋子实在太重了，走得我浑身发热。

我看见两匹马站在河滩边的树荫下。它们首尾相接，下巴轻轻地刮擦着对方的背部。在它们身后，一片绿茵一直向高处延伸至山脊，四周的橡木丛和山毛榉在秋日阳光下熠熠生辉。

“这马待的地方真不错啊，斯基普顿先生。”我说。

“没错，天气炎热时，它们可以在这儿乘凉；冬天一到，又可以回畜棚。”

听见主人的声音，两匹高大的马小跑着从河边上来——灰色马走在前面，栗色的那匹一拐一拐的，动作稍慢些。

两匹都是拖货车的大马，不过从脸部的少许白毛看得出，它们都很老了。老是老了点，但这俩家伙还能在老约翰身边欢跃着，巨大的脚掌腾空而起，然后歪过头，用鼻子和嘴巴推老约翰的帽子，直到帽子遮住他的眼睛。

“走开，别这样！”他叫道。

他拉了拉灰马额头上的鬃毛。“这是波尼，二十多岁了。”接着，他摸了摸栗色马的前腿，“这是多利，现在快三十岁了，在此之前从来没生过病。”

“它们最后干活大概是在什么时候？”我问。

“我估摸着，大约十二年前吧。”农夫回答说。

我惊异地看着他：“十二年？一直在这儿闲着？”

“对，就在这周围玩耍。它们以前挣的，够它们退休了。”

他站在那儿，沉默了一会儿，双肩微驼，两手插在破旧的大衣兜里。

“我苦心经营这个农场的时候，它们干活十分卖力。”他喃喃地说，我知道他正沉浸在过去漫长岁月的回忆中，那些马儿拉犁、拉装着干草和农作物的马车，现在拖拉机干的各种重活，过去都是它们在干。

“昨天，我给它们带干草过来，留意到多利的脚有点跛，”他说，“幸好我每天都来。”

“你是说，你每天都翻山越岭到这儿来？”我问。

“是的——无论刮风下雨。它们盼着我带麦片或上好的干草过来呢。”

我检查了多利的脚，发现有根旧钉子深深地插在脚部软肉里。我用一把钳子，轻而易举地把它拔了出来，然后注射了破伤风针，以防后期感染。

爬上山坡往回走时，想到老约翰十二年来，每天风雨无阻、长途跋涉来看马，多么不可思议啊。他是真的爱那些了不起的牲口。

一个念头闪过，我转向他：“你知道的，斯基普顿先生，下星期六举行达罗百展览会。你应该带着你的马去参加家庭宠物类表演。我知道他们今年的报名要求跟以往不一样。多利这几天脚痛，你带波尼去就好了。”

农夫皱皱眉头：“你到底在说什么呀？”

“去吧，”我说，“带上波尼去参展！你养的那些马，都是你的宠物，不是吗？”

“宠物！”他哼了一声，“你可别把那些蹦蹦跳跳的大块头叫成宠物。这么荒唐的事我还没听过。”

回到农场，他生硬地对我表示感谢，点了点头就回到屋里去了。

接下来的星期六，我参加达罗百展览会，负责兽医诊疗。我在展览现场走来走去，看着畜栏里的牛羊、孩子们的小马、成批成批的公牛，附近场地还有牧羊犬选拔赛，感觉挺愉快的。

后来，扩音器传来以下通知：“家庭宠物类参赛者请到竞技场各就各位。”

我一向对这类赛事很感兴趣，于是走过去，站在部长身边，他坐在赛场旁边的桌子前。部长是达罗百当地的银行经理，戴着无框眼镜和套叠式平顶帽，是个一本正经的小男人。看得出，他对正在入场的参赛者数量很满意。

LBROS

他看着我，满脸堆笑地说：“我要求今年不按常规报名登记，他们很肯定地采纳了我的意见。”

参赛列队由一只俊俏的白色雌山羊引领，一头粉嘟嘟的小猪紧随其后。除了数量庞大、大小不一的猫猫狗狗，还有一条鱼缸里养着的金鱼，以及至少五只野兔。一只鹦鹉栖在横木上，另外一些相思鹦鹉则在笼子里跳来跳去。伴随着一阵兴奋的唏嘘声，一名男子进场，他手腕上立着一只盖着头巾的猎鹰。

“太棒了，太棒了！”部长大声说——可他马上张口结舌，说不出话来，大家也都不吱声了，因为最让人意想不到的一幕出现了。

老约翰·斯基普顿带着波尼，昂首阔步入场了——不过人和马都跟我几天前看到的大不一样。

约翰还是穿着那件用绳子捆着的破大衣，不过我注意到，他今天穿的两只袜子是同颜色的，圆顶礼帽扣在脑袋正中。

这让他看上去有点帅，不过没波尼那么帅。它穿着老式拉车马的表演服，盛装登场；马蹄油光闪亮，下肢柔软的毛发洗得干净、蓬松；鬃毛、尾巴和额上的毛发用黄绿相间的丝带编成辫，外套上的装饰在阳光下闪闪发亮。它身上套着干活时用的马具，马具同样擦得很光亮，辔头从项圈垂落下来。

它的样子把我惊得目瞪口呆。

“斯基普顿先生，斯基普顿先生！你不能把那个庞然大物带到这儿来。这是家宠类！”部长先生叫喊着从椅子上站起身来。

“波尼是我的宠物啊，”农夫回答说，“它是我们家庭的一分子，就像那边那只老山羊一样。”

“算了吧，我不同意，”部长先生挥挥手说，“你得把它领出场外，赶紧回家吧。”

老约翰·斯基普顿脸上挂着一副粗暴的表情，盯着部长。“波尼是我的宠物，”他又说了一遍，“你问哈利先生就知道了。”

我耸耸肩。“的确如此，这匹母马已经超过十二年没干活了，斯基普顿先生完全是出于喜欢把它养着。我完全同意把波尼当成宠物。”

“可是……可是……”部长先生气急败坏地说。接着，他突然坐回到椅子上，叹了口气说：“哦，那好吧，请入队列。”

于是，约翰转过身，领着波尼来到其他参赛者中间，站在适当位置。他们的左侧是那头粉嘟嘟的小猪，右边是一只乌龟。此番景象，真是非同寻常。

宠物裁判的任务交给了当地护士，她非常明智地穿着官方制服，给人一种显而易见的权威感。裁决这一组比赛一向比较困难，她朝队列一路看过去，目光聚集在那匹庞大的马身上，她心里明白，做出裁决真的不容易。

她很仔细地察看参赛者，不过眼睛总是回瞅着波尼。野兔酷毙了，猎鹰让人印象深刻，狗狗都很迷人，小猪好可爱——可是波尼实在是风姿绰约！

“一等奖颁给斯基普顿先生和波尼。”她宣布，众人欢呼。

玫瑰形缎带结呈上来时，有人上来为当地报纸拍照。看来那匹大马知道自己获奖，它站在那儿摆了个姿势，美丽而高贵。约翰腰杆挺直，一脸自豪——不过，悲催的是，摄影师每次按下快门，波尼都把他的圆顶礼帽推下来，遮住眼睛。

这是波尼表达爱的方式，只是不知道，照片出来后会是什么样子。

展览结束后，我去了一趟戴尔·克洛斯农场，帮约翰把波尼身上穿的东西“脱”下来——我随他们一起下山，来到河边的田野。

我们一走近，多利就从河边小跑上来，再次看到朋友和同伴，它发出愉快的嘶鸣。

“它的脚恢复得很好啊。”我说，因为我注意到它甚至可以小跑了。

温柔的夜幕中，我们看着两匹老马快步朝对方走去。接着，它们站在那儿，相互摩挲着对方的脸，良久未分开。

“你看，”老约翰面带罕见的笑容说，“波尼正在跟多利讲述那了不起的一天！”

波尾赢得了达罗百展览会
家庭宠物类比赛的一等奖

吉米·哈利

| 我的动物朋友系列 |

全套八册